Angelina en la feria

Katharine Holabird y Helen Craig

Angelina llevaba ahorrando todo el invierno para el maravilloso día en que la feria volvería a instalarse en la ciudad. Cuando no estaba bailando, se sentaba junto a su ventana y soñaba despierta con la noria y la montaña rusa. Le gustaban las atracciones más emocionantes.

Por fin, cuando ya no hacía frío y el viento volvía
a ser suave y cálido, llegó a la ciudad la feria de mayo.
Angelina y sus compañeras de ballet representaron
una danza en la escuela para celebrar la llegada de
la primavera, y la ratoncita casi voló por encima
del palo de lo emocionada que estaba. Todos los
padres observaron la función entusiasmados.

Después del baile, Angelina se disponía a visitar la feria con sus amigos, pero sus padres le recordaron:

–Olvidas que tu primito Quique nos visita hoy –observó el padre de Angelina–. Se disgustará mucho si no puede ir contigo a la feria. Angelina se enfadó.

–¡No quiero que Quique me acompañe! –protestó–. ¡Odio a los niños pequeños!

Pero Quique extendió su mano de todos modos, y Angelina no tuvo más remedio que llevárselo. La música de la feria ya inundaba los campos, y los amigos de Angelina se habían adelantado. Tomó a Quique de la mano y lo llevó casi a rastras, corriendo lo más rápido que podía.

En la entrada de la feria había un puesto de globos de vivos colores. −¡Oh, mira! −exclamó Quique−. ¡Globos!

Pero Angelina no le prestó atención. −Vamos a la noria −dijo impaciente.

La noria era enorme y Quique tenía miedo, pero a Angelina le encantaba la sensación de flotar en el aire. De manera que compró dos entradas.

Al bajarse de la noria, Quique estaba mareado, pero se animó enseguida cuando vio el tiovivo.

-¡Mira! —exclamó—. ¿Podemos subir?

-Ahora no —repuso Angelina—. Primero vamos a las atracciones rápidas.

Angelina llevó al pobre Quique a la montaña rusa. El pequeño cerró los ojos y se agarró con todas sus fuerzas mientras el coche subía y bajaba como un bólido. A Angelina le gustaba mucho y deseaba repetir, pero Quique no estaba seguro de querer subir a ninguna atracción más.

Y entonces Angelina vio la casa encantada.
—Esto te gustará —dijo, y empujó a Quique para
que entrase.

Mientras avanzaban, una enorme araña se colgó sobre sus cabezas…

y un esqueleto salió de la oscuridad y les señaló con el dedo.

Cuando chocaron contra un fantasma,
Angelina tendió la mano a Quique…

… ¡pero el niño
había desaparecido!

—¡Quique, Quique! —llamó Angelina. Pero no obtuvo respuesta en la oscuridad. Angelina volvió sobre sus pasos para buscar al pequeño.

Miró por todas partes hasta que quedó enredada en
la araña y tuvo que rescatarla un empleado de la feria.

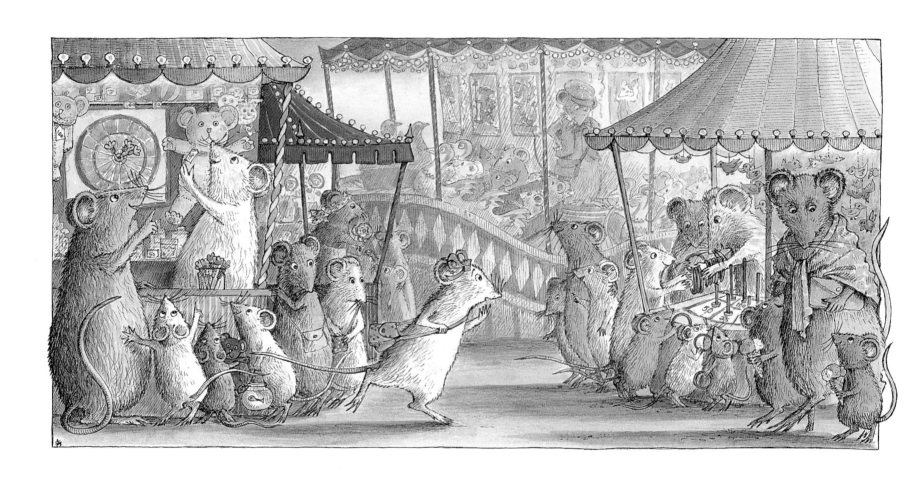

Angelina tampoco vio a Quique fuera de la casa encantada. Lo buscó ansiosa entre la multitud. Volvió a mirar en todas las atracciones y en todos los puestos, pero su primito no aparecía por ninguna parte. Angelina estaba tan preocupada y disgustada que se sentó junto a la entrada de la feria y empezó a llorar.

Y allí estaba Quique, mirando al globero cómo inflaba los bonitos globos. Angelina se sintió tan aliviada que abrazó con fuerza a su primito y le dio un beso.

—¿Cuál es tu color favorito, Quique? —preguntó. El pequeño eligió un globo azul.

—¿Qué te gustaría hacer ahora? —preguntó Angelina cariñosamente.

Quique contestó que le gustaría montar en el tiovivo.

Así que subieron tres veces y se divirtieron mucho.

Después tomaron un gran cucurucho de chocolate y
regresaron a casa dando un paseo tranquilamente.
—¡Me gustan las ferias! —exclamó Quique, y Angelina sonrió.

—Puedes venir conmigo siempre que quieras —dijo la ratoncita.

Para Ben y Vitti, con cariño de HC

Para Tara, Alexandra y Adam de HC

BLUME

Título original
Angelina at the Fair

Traducción:
Remedios Diéguez Diéguez

Coordinación de la edición en lengua española:
Rita Schnitzer

Primera edición en lengua española 2004

© 2004 Elfos, S.L.
Alberes 34
08017 Barcelona
Tel. 934 069 479
Fax 934 069 006
E-mail: *elfos-ed@teleline.es*
www.edicioneselfos.com

© 2004 Art Blume, S.L.
Av. Mare de Déu de Lorda, 20
08034 Barcelona
Tel. 932 054 000
Fax 932 051 441
E-mail: *info@blume.net*
www.blume.net

© HIT Entertainment plc, 2001
© Texto: Katharine Holabird
© Ilustraciones: Helen Craig
Primera edición de Aurum Press Ltd.
Publicado por Viking Books (Penguin Books Ltd.) 2001

ISBN: 84-8423-156-9   ISBN: 84-9593-980-0

Impreso en Italia, marzo 2004

Si deseas conocer más sobre Angelina, consulta su página web:
www.angelinaballerina.com

CONSULTE EL CATÁLOGO DE PUBLICACIONES ON-LINE
INTERNET: HTTP://WWW.EDICIONESELFOS.COM
HTTP://WWW.BLUME.NET